AF503289

LES EMBELLISSEMENTS

DE PARIS.

LES EMBELLISSEMENTS DE PARIS,

PAR M. ALEXANDRE SOUMET,

AUDITEUR AU CONSEIL D'ÉTAT;

Pièce qui a obtenu un accessit au concours de l'Institut.

A PARIS,

DE L'IMPRIMERIE DE L.-G. MICHAUD,

RUE DES BONS-ENFANTS, N°. 34.

M. DCCC. XII.

LES EMBELLISSEMENTS DE PARIS.

Gloire au peuple, héritier du luxe des Césars,
Qui, fier, et s'appuyant sur le sceptre des arts,
Ose ressusciter les chefs-d'œuvres antiques,
Des temples, des palais, dessine les portiques;
A des marbres, tributs de la blanche Paros,
Se plaît à confier les traits de ces héros,
De ces rois des combats que réclame l'histoire;
Décore ses remparts des dons de la Victoire;
Dispute à ses rivaux, dans ses mâles élans,
Les palmes du courage et celle des talents;
Et fameux dans la paix, ainsi que dans la guerre,
Par le glaive et les arts triomphe de la terre.

Tels de tes nobles fils les augustes destins,
France, s'élanceront vers les âges lointains,
De nos succès divers la gloire est informée;
Et tandis que notre aigle à vaincre accoutumée,
Portant sous d'autres cieux la foudre des combats,
Nous prédit dans son vol le sort des potentats,
Du repos fatiguée, au sein de la patrie
Avec ses mille bras s'agite l'industrie :
Le dieu des arts s'éveille, et, propice à nos vœux,
Vient asseoir dans nos murs son trône lumineux;
Ses crayons à la main, il observe, il médite,
Il rend digne de lui le séjour qu'il habite.
De Lutèce déjà s'accroît l'immensité;
L'ombrage se déploie autour de la cité.
Aux remparts qui des flots préviennent les ravages,
La Seine obéissante a cédé ses rivages,
Et salue en grondant, du fond de ses roseaux,
Ces ponts, vastes liens, dominateurs des eaux:
Le palais des moissons élargit sa structure;
Là, ce fleuve à grand frais conquis sur la nature,
Déploie à mes regards ses nappes de crystal.
De la Seine jalouse, industrieux rival,

Accepte mon tribut : ton onde emprisonnée,
De ses nouveaux destins elle-même étonnée,
Se promène soumise à l'art ingénieux
Que de l'antique Égypte ont reçu nos aïeux ;
Et, fidèle au commerce appelé sur ta rive,
Baigne des mâts flottants l'image fugitive.
Jeune fleuve, c'est toi, dont l'utile secours
Des immondes canaux précipite le cours ;
C'est toi, dont les tributs, par des routes certaines,
Courent désaltérer les nymphes des fontaines :
O prodige ! en tous lieux de murmurantes eaux
Glissent en filets purs, s'étendent en rideaux,
En source, en jets brillants, en cascades s'élancent ;
Les zéphirs vagabonds alentour se balancent,
S'y plongent, et, dans l'air mollement agité,
Font voler la fraîcheur et versent la santé.
Ainsi des arts féconds s'agrandit le domaine :
Autour des blocs épars le ciseau se promène ;
Sur la pierre à grand bruit tombent les lourds marteaux
Le porphyre étranger, les marbres, les métaux,
Roulent impatients de leur forme future ;
D'un compas immortel s'arme l'Architecture ;

Et Lutèce, attentive à ces vastes travaux,
Lève un front couronné de chefs-d'œuvre rivaux.
Tu triomphes, Lutèce, et la ville éternelle
Descend enfin du trône où ton héros t'appelle.
Comme si la grandeur attirait la grandeur,
Les merveilles de Rome ont accru ta splendeur.
Que j'aime à parcourir ton enceinte illustrée!
Pour celle des beaux-arts désertant sa contrée,
Le voyageur, assis aux pieds d'un monument,
T'apporte le tribut de son étonnement.
Le fier enthousiasme, au seuil de tes portiques,
Vient souvent reposer ses ailes poétiques;
Combien de fois l'aspect de tes bronzes vainqueurs,
Des rêves de la gloire a poursuivi nos cœurs!
Le courage s'enflamme et les mœurs s'ennoblissent,
Du chantre harmonieux les hymnes retentissent,
Le vulgaire médite, il s'arrête long-temps
Sous ces murs, décorés de nos faits éclatants.
Ces guerriers, qu'en silence il cherche à reconnaître,
Quels furent leurs destins? quels lieux les ont vu naître?
Quel trône a disparu devant leurs étendards?
Il compte leurs lauriers, les suit dans les hasards,

Et contemplant leur gloire en tous lieux retracée,
Des annales du Monde agrandit sa pensée.
Parmi tant de héros figurés aux regards,
S'élève et m'apparaît le plus grand des Césars.
Son front touche les cieux : transformés en colonne,
Se taisent sous ses pieds les foudres de Bellone.
De l'univers soumis le globe est dans ses mains :
Vaste Olympe, ouvre-lui tes immortels chemins;
Et toi, de ses hauts faits noble dépositaire,
Toi, qui gardes empreints les fastes de la terre,
Bronze triomphateur, ne trahis point nos vœux;
D'augustes souvenirs enrichis nos neveux;
Que ton luxe guerrier, que ta masse éternelle,
A l'espoir du héros ne soit pas infidèle.
Superbe, et par les ans vainement assiégé,
De conquêtes, de gloire et de siècles chargé,
Traverse l'avenir, et montre à tous les âges
De trente nations les captives images.
Aux tributs de la gloire, à l'éclat des lauriers,
Dans Athène autrefois les sages, les guerriers,
Joignaient des monuments l'auguste privilége;
Leurs vertus triomphant d'un oubli sacrilége,

Se lisaient sur la pierre, et de ces dieux mortels
La Grèce, avec orgueil, desservait les autels;
Leur trépas fut sacré : le cénotaphe austère
Apprit à rendre hommage aux héros de la terre ;
Et dans le Panthéon l'encens religieux
Fuma pour le grand homme ainsi que pour les dieux.
Les Grecs nous ont légué leur noble idolâtrie :
Les tombeaux parmi nous trouvent une patrie.
Aux approches du soir, l'Imagination
M'appelle sous les murs du nouveau Panthéon :
Le Triomphe et la Mort en habitent l'enceinte;
Là, de Montébello, dort la dépouille sainte;
C'est là que, tout pensif, le jeune homme ignoré,
Du besoin de la gloire en secret dévoré,
Se promène au milieu des monuments funèbres :
« Héros, qui n'êtes plus, dit-il, ombres célèbres,
» Je ne sais quelle voix m'appelle parmi vous;
» Oui, je m'affranchirai de mes destins jaloux;
» La Renommée enfin m'ouvrira ses annales;
» Mes cendres, quelque jour, de vos cendres rivales,
» Réclameront leur place en ce temple de deuil,
» Où l'Immortalité veille près du cercueil. »

Il dit, et le tombeau s'émeut à sa prière.
C'est peu que du grand homme on garde la poussière;
Le silence du monde insulta trop long-temps
Ces victimes de Mars, ces nombreux combattants,
Qu'une terre étrangère en ses flancs voit descendre:
Le tombeau des aïeux appelle en vain leur cendre;
Laissons à leur trépas l'espoir d'un souvenir:
Que ce temple guerrier, promis à l'avenir,
Accueille leur mémoire, et de leur tombe absente
Console leur famille en nos murs gémissante;
Que la victoire en deuil grave auprès de leur nom
Les pleurs de la patrie et de Napoléon;
Que nos chants belliqueux proclament leurs exemples.
Les drapeaux suspendus aux voûtes de nos temples,
Ce lion voyageur qu'ont apporté les flots,
Le fer dont se parait la tombe d'un héros,
Sollicitent pour eux la lyre des Orphées;
Lutèce, à leurs combats, doit ses plus beaux trophées.
Voilà cet arc pompeux, garant de leurs exploits,
L'ornement du triomphe et la leçon des rois.
La Gloire, avec amour, le couvre de ses ailes,
Il s'élève entouré de palmes immortelles,

Dans cette même enceinte, où l'aigle des Français
Vient balancer son vol et prélude aux succès.
Les arts l'ont décoré : ses colonnes hautaines
Désertèrent pour nous les plages africaines;
Les coursiers, rayonnants sur son faîte orgueilleux,
Des coursiers du Soleil ont défié les feux;
Ses marbres des hauts faits éternisent l'histoire,
Et le Louvre lui-même envîrait tant de gloire.

Sous les yeux de nos rois lentement élevé,
Et des arts créateurs chef-d'œuvre inachevé,
Le Louvre, qu'à ses dieux aurait consacré Rome,
Attestaient l'inconstance et la grandeur de l'homme :
Il avait du pouvoir fatigué les efforts.
Déjà, fiers d'attrister les peuples de ces bords,
Les siècles effaçaient son ébauche vieillie;
Le monarque a voulu : la France enorgueillie,
Voit de ses ornements le Louvre s'applaudir.
La colonne grossière apprend à s'arrondir;
Autour des chapiteaux, que son feuillage embrasse,
L'achante se déploie et se courbe avec grâce;
Par le ciseau savant les murs sont décorés;
Ces combles entr'ouverts, ces débris vénérés,

Dépouillent leur vieillesse; et, rayonnant de joie,
Les arts ont vu Saturne abandonner sa proie.

Louvre, dont le portique éblouit nos regards,
Louvre, asyle des rois et temple des beaux-arts,
De quel éclat nouveau ton faîte se couronne!
Les trésors du génie et les pompes du trône,
Ces chefs-d'œuvres épars, ces marbres précieux,
Ces tableaux, confidents des mystères des cieux,
Décorent à l'envi ton enceinte immortelle.
Je m'égare, je suis l'ombre de Praxitelle,
Et l'aspect de Vénus a troublé tous mes sens:
Hâtons-nous, la déesse offerte à notre encens
N'a qu'un moment peut-être à rester sur la terre;
Sa pudeur l'environne, et l'œil, avec mystère,
Effleure les contours de ce marbre enchanté,
Où brille en rayons purs l'éternelle beauté.
Ici la fable heureuse a retrouvé son temple;
Par son charme entraîné, je rêve, je contemple
Ces corps aériens qu'enfanta le ciseau.....
Qu'ai-je dit? Non Paros ne fut point leur berceau;
Ils n'appartiennent point à sa grotte éclatante.
Dans les temps reculés, quand la foudre inconstante

S'échappa pour jamais des mains de Jupiter,
Les dieux, qui partageaient le trône de l'Éther,
Désertant et l'Olympe et ses voûtes antiques,
En marbres transformés peuplèrent nos portiques;
Mais leur divinité se révèle aux mortels,
Et sous la pierre même a conquis des autels.
Peuples, prosternez-vous; et toi, fière Italie,
De l'encens des humains long-temps enorgueillie,
Rappelle-toi ce jour où, guidé par les arts,
Le héros de la France aborda tes remparts;
Ces marbres, ces trésors, ces pompes de tes fêtes,
Dont la Grèce soumise embellit tes conquêtes,
D'un conquérant nouveau décorèrent le char:
Tout l'Olympe captif marcha devant César;
Le Tibre, d'inconstance accusa la Victoire;
De tes temples déserts, de tes palais sans gloire,
L'univers dédaigneux oublia le chemin,
Et le flambeau des arts s'éteignit dans ta main.

Ainsi de la grandeur disparaît le fantôme;
Jouet de la fortune, ainsi chaque royaume
Du livre de la gloire à son tour effacé,
Pleure son opulence et son luxe passé.

Rome antique n'est plus.... Mais pourquoi sa grande ombre
Sort-elle avec orgueil de la demeure sombre?
De son front rayonnant le voile de l'oubli
S'écarte, et sous ses pieds sa foudre a tressailli.
A son glaive s'enlace une palme immortelle :
« Tu déplores mon sort ; console-toi, dit-elle,
» Le regard d'un héros sur moi s'est arrêté,
» Je reprends et mon sceptre et mon éternité.
» Lutèce, qui préside aux destins de la terre,
» En m'adoptant pour sœur, me prête son tonnerre.
» Mon astre, après mille ans, a reconquis les cieux,
» Et le fils de César vient remplacer mes dieux. »

FIN.

www.ingramcontent.com/pod-product-compliance
Ingram Content Group UK Ltd.
Pitfield, Milton Keynes, MK11 3LW, UK
UKHW021152230726
13926UKWH00001B/57